Auch eine Mondblume wird ohne Sonne sterben.

Abschied …

… kann auch ein Anfang sein

Hagen Höpfner

© 2007 Hagen Höpfner
Herstellung und Verlag: Books on Demand GmbH, Norderstedt
ISBN: 9783837009897

Bibliografische Information der Deutschen Nationalbibliothek
Die Deutsche Nationalbibliothek verzeichnet diese Publikation in
der Deutschen Nationalbibliografie; detaillierte bibliographische
Daten sind im Internet über http://dnb.d-nb.de abrufbar.

Inhaltsverzeichnis

Vorwort

Nie hätte ich mir in meinen verworrensten Träumen vorstellen gekonnt, dass das Leben, dass mein Leben, dass das Leben, welches ich doch so geplant, durchdacht und eigentlich schon vorhergesehen hatte, dass dieses Leben jemals so drastisch von meinem Plan abweicht. Doch ich habe mich geirrt und alles ist seit dem trauriger, lustiger, bunter, fader, lauter, leiser, kurzum anders, unberechenbarer aber spannend. Einige der Texte auf den folgenden Seiten sind, im Nachhinein betrachtet, zum Teil hellseherisch schon vor ein paar Jahren entstanden. Andere entstanden zu Zeiten, in denen mir keine andere Wahl blieb als meine Gefühle zu Papier zu bringen oder sie laut herauszuschreien. Wieder andere sind jüngeren Ursprungs und spiegeln die Dankbarkeit und Liebe wider, die ich denjenigen Menschen widme, die mich aufgefangen, aufgebaut und aufgemuntert haben. Diesen Menschen widme ich auch dieses Buch! Danke Janin, danke Hannes, danke Jenny, danke Ma und Pa, danke Sandra, danke Andreas, danke Oli, danke Walter, danke Euch allen.

Hagen

Vorhergesehenes

Im Regen

Ein Baum reckt grün sein Haar hinauf zur Sonne.
Sie spiegelt sich im Nass, das jedes Blatt benetzt.
Und in dem Wind wiegt sanft und leise der
Spatzen Heim im sicheren Geäst.
Der Herbst bringt schon die ersten Farben, und
Blatt auf Blatt geht auf den Weg hinab zur Erde,
um zu sterben, und folgt dem Regen, der die
Trommel dazu schlägt.

Die Haut des Stammes zieren Narben,
die erzählen von einer Liebe,
rein und klar.
Doch in dem Regen sind die Tränen
nicht zu sehn, die übrig sind
von dem was war.

Der Sonnenschein tränkt Graues dann mit Farbe
und zeichnet bunt den Kreis ohne Anbeginn. Aus
Tränen, die am Fuß des Baumes starben sprießen
nun Rosen, die im Herzen ewig sind.

Haben wir einst nicht die Stunden gezählt? Jeden Moment
Zweisamkeit? Hat es uns nicht an gar nichts gefehlt?
Waren wir nicht vereint?

Ich brauchte nicht wissen, ich musste nur spüren, las in Deinem Herzen ganz klar. Doch nun soll ich missen, die zerwühlten Kissen, nun soll ich vergessen, was war?

Die Haut des Stammes zieren Narben,
die erzählen von einer Liebe,
rein und klar.
Doch in dem Regen sind die Tränen
nicht zu sehn, die übrig sind
von dem was war.

Der laue Abendwind vertreibt die Wolken. Die blaue Leere ziert das Himmelszelt. Und wohlig warm strahlt Orion hernieder. Er ist geblieben und das, was mich hier hält.
Ein Baum reckt grün sein Haar hinauf zum Monde. Er spiegelt sich im Nass, dass jedes Blatt benetzt. Und in dem Wind wiegt sanft und leise der Spatzen Heim, im sicheren Geäst.

Abschied

Das Hemd gefalzt, der Kühlschrank aus, Koffer gepackt, ich muss hier raus, mein Ziel vor Augen, verlass ich diese Stadt.

Ich sag adieu, vorbei, verzeih. Ich muss raus. Jetzt bin ich frei. Nichts hält mich hier, nichts außer Dir.

Die Zeit steht still doch fliegt dahin. Nach neuem Schönen steht mir der Sinn. Ein Baum, ein Strauch, nicht Stein auf Stein.

Der Wind weht kalt, doch frier ich nicht; voll Euphorie und ohne Pflicht. Ein heller Stern zeigt mir den Weg.

> Mein alter Herz, dein trauriger Blick,
> Abschied …
> … das Ende
> sehnt sich nach Neuem
> doch sieht nicht zurück.
> Abschied …
> … kann auch ein Anfang sein.

Eine neue Stadt, was soll ich hier? Derselbe Trott nur ich, nicht wir und selbst der Mief ist wie vorher.

Das Bier schmeckt schal und auch der Traum ist längst geträumt, ich glaub es kaum. Ich bin allein, wie ich es war.

Und kalter Rauch füllt meinen Geist, Vergangenheit zum Zeitvertreib, ich will hier weg doch bleib ich hier.

Der alte Trott kommt über mich. Ich sitze hier und denk an dich. Nichts hält mich hier, nichts außer Dir.

Zeit

Leise, so leise, rann der Sand durch das Glas;
nicht ein Korn, das seinen Weg vergaß.
Ohne zu drehen, folgt auch kein Neubeginn.
Wir schauen uns nicht an, es hat keinen Sinn.

Wie viele Stunden verschwendeter Zeit hat
uns das Schweigen regiert?
Keine Minute, die mehr übrig bleibt, sorgt
dafür, dass keiner verliert.

Schattenzeit verblasst im Abendlicht,
wie ein Traum, der auseinander bricht.
Der neue Tag wird dieses Mal anders sein.
Die Nacht ist wie wir, stumm und allein.

Wie viele Stunden verschwendeter Zeit hat
uns das Schweigen regiert?
Keine Minute, die mehr übrig bleibt, sorgt
dafür, dass keiner verliert.

Auch wenn die Glut nicht ganz erloschen ist,
kein trockenes Holz ums Feuer zu schüren,
tränengetränkt die Vergangenheit,
leise so leise verging unsere Zeit.

Unerwartetes

Im Kreis

Kalt
Kalt und leer
Kalt und leer ist die Nacht
Kalt und leer ist die Nacht und doch
Kalt und leer ist die Nacht und doch leuchtet Dir
warm ein Stern.

Warm
Warm und hell
Warm und hell ist der Tag
Warm und hell ist der Tag und doch
Warm und hell ist der Tag und doch spürst Du die
Kälte der Nacht.

1000

Tausend Schritte kannst Du gehen
Tausend Meilen weit ins Land
Tausend Fremde wirst Du sehen
Tausend Herzen in der Hand
Tausend Augen werden weinen
Tausend Tränen trocknen leis'
Tausendmal muss endlos scheinen
Tausend Fragen sind der Preis

Zu spät

Ein Stein bleibt ein Stein
selbst wenn man ihn fort tritt.

Ein Baum bleibt ein Baum
selbst wenn man ihn fällt.

Ein Fluss bleibt ein Fluss
selbst wenn man ihn einsperrt.

Ein Band bleibt ein Band
selbst wenn es nicht hält.

Ein Lied bleibt ein Lied
selbst wenn man es nicht singt.

Ein Traum bleibt ein Traum
selbst wenn man nicht träumt.

Ein Glas bleibt ein Glas
selbst wenn es entzwei bricht.

Doch alles wird anders,
was man gestern versäumt!

Aufrecht

Kein Schwert kann meinen Stolz mir brechen,
Ich werd' nicht flehen und nicht schrei'n,
Eher würde den Schnitter ich bestechen,
Dass er mich führt ins dunkle Heim.

Auch werd ich nicht das Holzkreuz küssen!
Kein Gott lenkt mich auf meinem Weg!
Mein Seelenheil wird warten müssen,
Bis ich dereinst mich niederleg'.

Doch wenn die roten Rosen blühen,
Wenn Tränen nicht vom Leide rühren,
In unsren Augen Sterne glühen,
Dann darfst Du mich ins Lichte führen.

Dann muss ich meinen Stolz nicht brechen,
Das Knie beugt sich dann ganz von selbst,
Ich werd' die heilige Formel sprechen,
Und mich ergeben wenn Du willst.

Wenn ich dereinst hernieder sinke,
das Knie vor einem Menschen beug',
dann werd ich auch den Schwur verschenken,
den Schwur der Ewigkeit bezeugt.

Ein Traum vom Traum

Wenn schwarzes Holz sanft schimmernd glimmt,
wie tausend Sterne Hoffnung spendet.

Wenn sich das züngelnd' Feuer nimmt
was lang gewachsen - nun beendet.

Wenn kalt der Rauch ins Dunkel steigt,
und mit sich trägt der Tränen Grund.

Wenn Funken glitzern, Asche regnet,
dann wird mein graues Herze bunt.

Mein Blick schweift dann durch alle Flammen,
verweilt am Weg, am Strauch, am Baum.

Mit allen Sinnen eingefangen,
verweil' ich in dem Traum vom Traum.

Noch unscharf und doch dort zu sehen,
erkenn' ich in der Flammen Schein,

Ich werde wieder aufrecht gehen,
Vergangenes wird vergangen sein.

Von Feuer, Wasser, Erde, Wind

Ein Glimmen nur, ein leichtes Glühen und nie
erahnt was dann entfacht, fast schon erloschen
und vergessen, nicht angeschürt, fast umgebracht.

Das letzte Züngeln schon vor Monden, deren
Zahl so lang gezählt, und auch die wohlig warme
Wärme, die sich im dunkeln Dunkel quält,

schien unerreichbar, ausgekühlt, erfroren fast
durch Eitelkeiten, durch Selbstsucht, treulos
hingeworfen, dem Schnitter ein Geleit bereiten.

Ein leises Rauschen, sanft die Welle, die einst den
Weg zum Strand hier fand, die Gischt spritzte
nicht und auch das Wasser, benetzte kaum
verdorrten Sand.

Sanft plätscherte er der große, weite, der endlos
blaue Vater Meer, Und Mutter Erde in der Ferne
lauschte der Raben „Nimmermehr."

Sie ist entrückt, sie ist entflohen, verließ ihr Kind
im kalten Fluss, kein Feuer es nur aufzuwärmen,
treibt es zum Meer ohne Abschiedskuss.

Dann kam der Wind, erst leicht dann böig, dann
wart ein wahrer Sturm daraus, die Fenster barsten
und von Dannen flog mein so tristes Kartenhaus.

Er hat entfacht die Feuersbrünste, die wärmen
und die spenden Licht. Er hat belebt die tote
Brandung und treibt zum Hafen weiße Gischt.

Dort harre ich der neuen Tage, genieße das Feuer
stramm im Wind, nur Fernweh ist es, das mir ins
Herzen treibt der Mutter Erde Kind.

Folgendes

So weit und doch so nah

So weit mein Auge blicken kann,
So weit ich schreie Himmel an,
So weit mich trieb ein fremder Ruf,
So weit mich trug mein müder Fuß,
So weit man dehnt der Sehnsucht Band,
So weit er fliegt, der weiße Sand,

So weit, so weit, zu weit, entzweit, doch ist's mein
Herz, das bei Dir weilt. Doch ist's Dein Herz, das
mich hier heilt, so nah und doch so weit zurzeit.

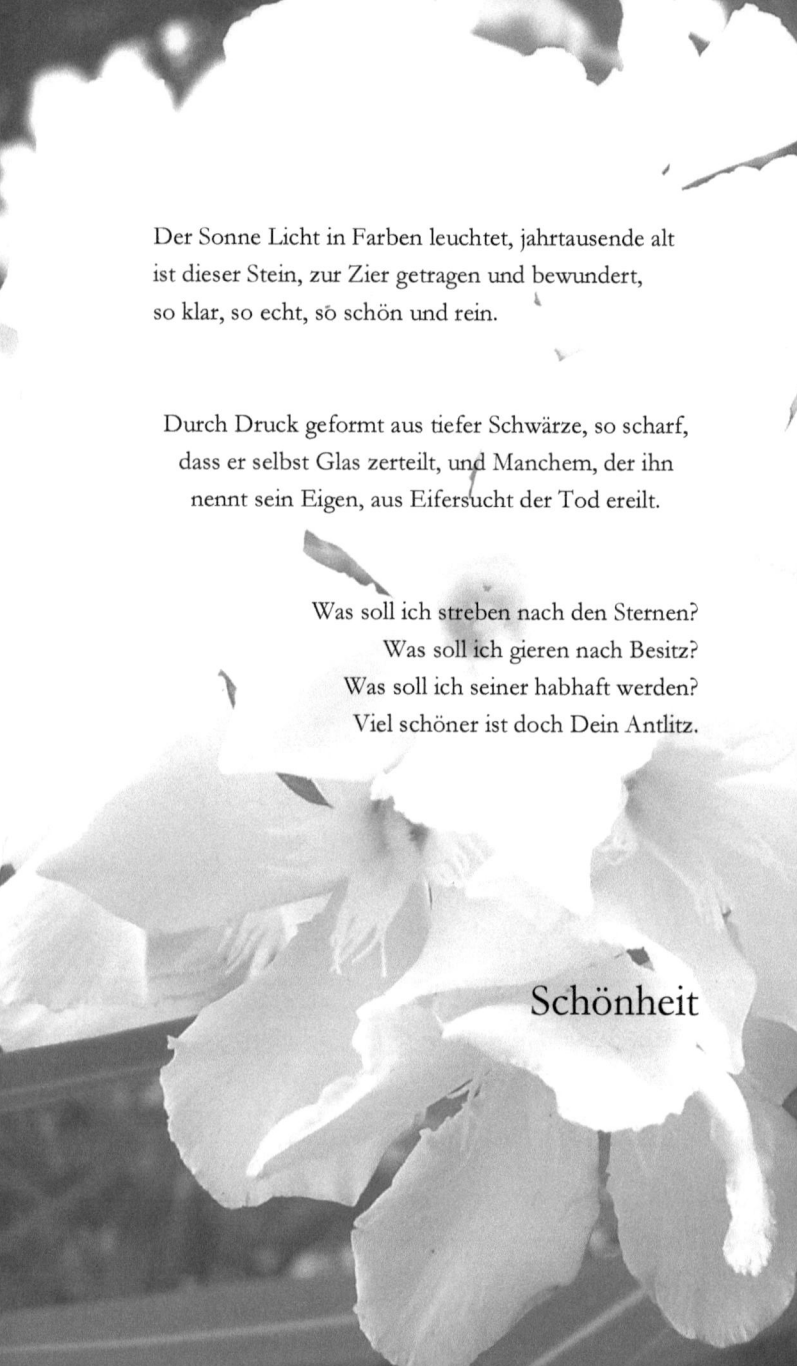

Der Sonne Licht in Farben leuchtet, jahrtausende alt
ist dieser Stein, zur Zier getragen und bewundert,
so klar, so echt, so schön und rein.

Durch Druck geformt aus tiefer Schwärze, so scharf,
dass er selbst Glas zerteilt, und Manchem, der ihn
nennt sein Eigen, aus Eifersucht der Tod ereilt.

Was soll ich streben nach den Sternen?
Was soll ich gieren nach Besitz?
Was soll ich seiner habhaft werden?
Viel schöner ist doch Dein Antlitz.

Schönheit

Ein Zeitparadoxon

Tick tack, die Zeit verrinnt,
    mit jeder Sekunde die Spinnweben spinnt,
    aus denen auch heut' keine Fliege entrinnt.
Tick, tack.

Tick tack, die Zeit verrinnt,
    in jeder Minute die Regeln entsinnt,
    warum wir so lange so einsam sind.
Tick, tack.

Tick, tack, die Zeit verrinnt,
    die nächtliche Stunde macht alles so blind,
    auf dass nur die Sehnsucht im Traume ich find.
Tick, tack

Tick, tack, verweile nicht mein Kind,
    denn all diese Tage, die treiben im Wind,
    ziehen träge vorbei. Doch die Hoffnung gewinnt.
Tick, tack

Tick, tack, die Zeit verfliegt, ein Tag wird Sekunde
wenn ich bei Dir lieg, und diese Sekunde singt lautlos
ihr Lied: „Tick, tack"

Tick, tack, die Zeit verrinnt.

Herbst

Der Mond am Firmament zieht leise
und einsam die stets gleiche Bahn.
Die Sterne dort auf ihrer Reise
schauen ihn aus weiter Ferne an.

Sie formen das, was wir erahnen,
den Orion, das Gleichgewicht.
Sie stehen stumm wie ihre Ahnen,
und spenden uns des Nächtens Licht.

Des Morgens bester Freund der Nebel
hüllt alles in sein feuchtes Tuch,
und auch des Sommers Totenschädel,
erliegt dem wiederkehrenden Fluch.

Ihm gleich folgt Blatt auf Blatt dem Regen,
der tropfend alte Erde nässt.
Doch jedes tote Grün bringt Segen,
dem Baum, der es hernieder lässt.

Bald kommt die stille, stumme Weiße.
Bald kommt der Schnee, wie jedes Jahr,
und aus dem Tod der letzten Reise
kommt jung der Sommer ganz und gar.

Wo ist Zuhause?

Aus Holz der Rahmen
festgemacht in kaltem, grauem Stein,
Aus Holz das Brett,
mein Name ziert 's, dahinter heißt „daheim."
Aus Holz das Kreuz,
das Glas umspannt, ermöglicht freie Sicht,
nach drinnen und ins weite Land,
so anders ist das nicht.

Aus Stein der Boden unter mir,
so hart das es schier sticht,
Aus Stein ist auch die Fensterbank,
mit Pflanzen in dem Licht.
Aus Stein die Mauer und das Dach
die sperren ein und aus,
ob drinnen oder in der Welt,
fühl' nirgends mich zuhaus'.

Aus Luft sind Deine Worte mir,
ich atme ganz tief ein.
Aus Seide ist Dein Bild in mir,
kann ohne es nicht sein.
Aus Wasser scheinen die Gedanken,
wenn Du sie mit mir teilst,
nicht Stein, nicht Holz sind ein Zuhause
wenn Du nicht darin weilst.

Ich weiß

Ich weiß, dass jeden Morgen die Sonne aufgeht.
Doch warum ist die Nacht schwärzer als schwarz?

Ich weiß, dass der morgige Tag so
viel neues Schönes bringt.
Doch warum treibt mir der heutige
Tränen in die Augen?

Ich weiß, dass ich Schritt für Schritt
nach vorne gehen will.
Doch warum drehen sich meine Gedanken
im Kreis, im Kreis?

Ich weiß, dass nach jedem Winter
der Frühling kommt.
Doch bleibt nur das Vertrauen
in die Hoffnung, die sich windet.

Ich weiß, wer meine Geister sind, und doch kann ich
sie nicht vertreiben, kann nicht die Stimme erheben
und sie hinfort schreien, kann nicht die Hand erheben
und sie fort scheuchen, kann nur da hocken und auf
ihre Flucht hoffen.

Hätte ich einen Glauben,
würde ich einen Gott anrufen.

Hätte ich einen Leumund,
würde ich ihn für mich sprechen lassen.

Hätte ich Gerechtigkeit,
würde ich ruhiger schlafen.

So bleiben mir nur Vertrauen wo das Vertrauen schon
lange verloren ist und die Gewissheit, dass es
jemanden gibt, der für mich da ist

… wofür ich unendlich dankbar bin!

Mein Engel

Man sagt, dass Engel Flügel haben,
Man sagt, dass Engel Harfe spielen,
Man sagt, es soll so viele geben
und einer nur hernieder viel.

Man sagt, dass Engel Dich behüten,
Man sagt, dass Engel bei Dir weilen,
Man sagt, sie folgen Deinen Wegen
bis diese sich am Ende teilen.

Man sagt, dass Engelshäupter scheinen,
Man sagt, dass Engel aufrecht sind,
Man sagt, sie seien voller Unschuld
und spiegeln sich in jedem Kind.

Man sagt, dass Engel Träume malen,
Man sagt, dass Engel Furcht maskieren,
Man sagt, sie würden niemals weinen
und froh den Reigen zelebrieren.

Mag sein, dass Engelsscharen schweben
und ständig mir Geleit erteilen.
Mag sein, dass manche Freude im Leben
beruht auf einem Heiligenschein.

Mag sein, mag sein, wer kann es sagen, mag sein, mag sein, mag sein mag sein. So viele und doch offene Fragen fallen mir zu Engeln ein.

Doch eine Frage ist Geschichte, vergilbt ist unlängst das Papier, verblasst die Tinte, stumpf die Feder, ein wahrer Engel stets bei mir.

Hinter Glas

Gleißend bricht sich früh die Sonne. Kaltes Eis ziert kaltes Glas. Mit dem Tag beginnt der Frühling, der da weckt das erste Gras.

Tränenbäche tauender Flocken, die am Fenster nieder fließen, nässen fast verdorrte Erde aus der neue Leben sprießen.

Hinter Glas und Zaun und Hecke, hinterm Baum und hinterm Tor, in des Gartens letzter Ecke steht mein Schneemann nach wie vor.

Hab aus weißen zarten Flocken ihn vor langer Zeit erbaut. Nun da Frühlingsblumen sprießen ist sein Ende anberaumt.

Kann ihn doch nicht jetzt entlassen, nass ins Grab ohne Wiederkehr. War er stetig mir zur Freude, so wie keine Freude je vorher.

Ach, da fallen schon die Kohlen und der starke Besenarm. Schwarze Löcher klaffen dunkel, dort wo einst die Knöpfe waren.

Hat er mich doch steht's erinnert, dass selbst Winter Freude birgt. Trotz der Kälte, trotz der Trauer hat dies Wunder er bewirkt.

Und nun rinnt von seinen Kugeln Schicht für Schicht die Haut herab. Muss ihm helfen, muss ihn hüten, den der mich ermutigt hat.

Doch so sehr ich mich auch strecke, dieses Fenster ist ein Tor. Wie durch Gitterstäbe stier ich, fassungslos wie nie zu vor.

All mein Herzblut würde ich geben, könnt ich helfen nur ein Stück. Aussichtslos dies Unterfangen, kann nur schauen ganz entrückt.

Und mein kalter Freund taut leise, Gleichmut ziert nun sein Gesicht. Ach wüsste er nur von dem Schmerze, der mir tief ins Herze sticht.

Zuzuschauen seinem Ende, hinter Glas wie Gitter dick, Tränen auch auf meinen Wangen, Zeugen für dies Trauerstück.

Zu den Fischen

Wie eine Nadel sticht ein jedes Wort,
mit kalten Blicken schlägst Du auf mich ein,
fühl keine Wärme mehr an diesem Ort,
und dieser Ort war mal ein Heim.

Drum schließe traurig ich nun diese Tür,
und geh zu diesem tiefen, blauen See,
dort wo die Fische mich mit ihrer Kür,
verzaubern und ich vorwärts seh'.

Denn fließt das Wasser über 'm brennend
heißen Kopf und tauche ich in diese Tiefe ein,
dann ist es Zeit den rechten Weg zu wähl'n,
im Reich der Fische bin ich nie allein.
Der rechte Weg kann auch der linke sein,
oder nach oben doch niemals zurück.
So tauche ich in diese stille Welt,
genieß ihr Singen, find mein Glück.

Nur Tränen, wenn ich an den Alltag denk;
Alles läuft schief, alles verquer,
und es gibt nichts, was mich davon ablenkt,
verfluch das Leben mehr und mehr.

Drum packe ich meine Gedanken ein,
und trag sie zu dem tiefen, blauen See.
Dort wo die Fische mich im Kerzenschein
verzaubern und ich vorwärts seh'.

Denn fließt das Wasser über 'm brennend
heißen Kopf und tauche ich in diese Tiefe ein,
dann ist es Zeit den rechten Weg zu wähl'n,
im Reich der Fische bin ich nie allein.
Der rechte Weg kann auch der linke sein,
oder nach oben doch niemals zurück.
So tauche ich in diese stille Welt,
genieß ihr Singen, find mein Glück.

Ich bin die Quelle all des Übels in der Welt.
Zumindest red' ich mir das ein.
Ein Mord, Gewalt, gewaschnes Lösegeld,
gehen auf mein Konto ganz allein.

Drum steige ich in meinem schwarzen Hemd,
hinab in diesen tiefen, blauen See,
dort wo die Fische mich in ihrem Element,
verzaubern und ich vorwärts seh'.

Unterm Rabennest

Einst, als ein Korn im Sand verloren, der kalte Regen netzte es. Schon ward das nächste Grün geboren, tief unten unterm Rabennest. Schnell sprang sie auf die harte Hülle, und ließ es frei das kleine Kind.

Doch kam hernieder Stille, Stille,
der schwarze Vogel und *fraß es.*

Seht da die jung erblühte Rose, so samten Rot vom Tau genässt. Sie ist die Zierde dieses Gartens, tief unten unterm Rabennest. So sanft ist sie, die weiche Hülle, wie man nur diese Rose find.

Doch kam hernieder Stille, Stille,
des schwarzen Vogels *Nahrungsrest.*

Sie trauert nun, die alte Weide, die alle Äste hängen lässt. Die Sonne spiegelt sich im Tropfen, der tränengleich ein Blatt verlässt. Ihr Mitleid für das Korn, die Rose, und all das Elend macht sie blind,

Doch wiegt im Wipfel, Stille, Stille,
das unheilvolle *Rabennest.*

Ausgebremst

Dereinst an einem Sommermorgen,
die Sonne schien am Horizont,
da wurdest Du zu uns geboren,
so zart, zerbrechlich doch gesund.
Es folgten Jahre der Entbehrung,
doch ward manch Makel ausgeräumt.
Ein Brabbeln hier und da ein Lächeln,
all das hat mir das Herz erfreut.
Dann kamen Zähne, gingen Windeln,
und auch das Laufen lerntest Du.
Dann kam ein Bruder, mehr Geschreie
und noch mehr Freude auf uns zu.
Und jeder Tag bracht' neue Dinge.
Ich nahm sie wahr, sie waren mein.
Ich sog sie auf und trag sie bei mir,
so manchen Schritt und jeder Stein,
den ich im Laufe Eurer Leben,
seit damals aus dem Weg geräumt,
der pflastert Euere langen Wege,
die Wege die ich pflastern wollt,
die ich geplant und ausgehoben
und selbst mit Herzblut eingezäunt.
Doch wurden fremde Wackersteine
so rücksichtslos darauf gerollt,

in Zeiten da wir nicht zusammen,
in Zeiten wenn ich mal pausier,
versuche Sie dann zu begreifen,
doch mancher Grund verschließt sich mir.
Kann nur noch jeden zehnten Quader
mit sicherer Hand ins Erdreich tun.
Dann heißt es wieder zu verharren,
dann heißt es wieder „auszuruh'n."

Es herbstet (ein Jahr später)

Vorbei – die Zeit der langen Tage,
  der kurzen Nächte voller Licht.
Vorbei – die Zeit der heißen Sonne,
  die sich auf nackten Leibern bricht.
Vorbei – die Zeit der gelben Blumen,
  der roten und der blauen auch.
Vorbei – die Zeit endloser Feste;
  kalt heb er sich der letzte Rauch.

Nun ist die Zeit in der die Tage
  in Nächten enden, schwarz wie Teer.
Nun ist die Zeit der alten Blätter
  in ihrem bunten Farbenmeer.
Nun ist die Zeit der grauen Nebel,
  die morgens über Wiesen stehen.
Nun ist die Zeit um sich zu sammeln.
  Das Jahr wird bald zu Ende gehen.

Nun kommt die Zeit der langen Nächte,

und totes Laub fliegt mit dem Wind,

Nun kommen die Zeit der nassen Kälte und Träume,

die voll Wehmut sind.

Ich blick zurück und seh' das Sterben

und dennoch wärmt ein Feuer mich.

Denn tief im Herzen bist Du bei mir;

voll Liebe, Hoffnung, Zuversicht.

Müde

Die Augen brennen, werden trocken,
und eine Träne rinnt herab,
Doch sind's nicht Trauer oder Wehmut,
die ich nun zu beklagen hab'.

Der Nacken spannt sich auf dem Kissen,
der Rücken zieht, die Glieder matt,
Doch ist es nicht der Arbeit Bürde,
die mich so sehr erschöpfet hat.

Gedanken kreisen unaufhaltsam,
um einen dunklen, fernen Ort.
Ganz ohne Sinn und ohne Gründe,
verweilen meine Träume dort.

Ich kann nicht schlafen, kann nicht ruhen,
weiß nicht warum, bin doch so müd',
So lieg ich hier, allein, vermissend,
im Sehnen nach dem Schluss vom Lied.

Nachwort

Wer kann schon sagen, was die Zukunft bringt. Es steht aber fest, dass auch Mondblumen ohne Sonne verdorren und ganz egal, was auch kommen mag, es geht immer weiter. Vielleicht habt Ihr ja ähnliches erlebt und Euch nur noch nicht getraut, es zu Papier zu bringen. Wenn Euch jetzt nach der Lektüre meiner Gedanken die Kreativität ergreift, dann könnt Ihr die verbleibenden Seiten gerne füllen.